バブルの子

助廣 俊作

もくじ

バブルの子

バブルの子 10
宣言 15
一週間かぞえ歌 17
ひたむきさをもういちど〜十九歳になった気で 20
日本男児 22
紙やすり 26
パワーゲーム 30
羊になりたい 32
許せないこと 36
ハンカチ 37
My life as a traveling man 39
モスクワ 42
闘う人 45
やっちまった 47
甘くない生活 49

手　そして石 52

しごと 56

絶望の岬に置き去りにしないで 57

もし希望があるとしたら 59

There was a wall 63

If you sit in the chair 66

Once upon a time you loved music 68

Eat Around the Clock 71

スパゲティ・ナポリタン

宝くじ 74

家族のいないこの部屋で 78

転校生 80

あやまち輪廻 82

消えない思い出 83

Woman said 85

ブービークッションにひっかかる 87
ハニーライフ 89
つまるところ 91
スパゲティ・ナポリタン 92
幸せの定義 94

連作：ひとときの夢
ひとときの夢 98
オン＆オフ 103
暗闇の大河 106
口の運動 108
暗い夜道 111
土の匂い 113

再会
再会 118

君のしつもん 121
最古の記憶 125
ここはひとつ 128
Giving 131
四分前 133
真夜中の目覚め 137
心がうごいた 139
どつかんでもよろしい 141
言わなくてもいいこと　言わなくてはいけないこと 142
愛されてもよし、嫌われてもよし 144
一生モノ 146
元旦 149
かなわぬねがい 152
苦しさと孤独と星空と 154

バブルの子

バブルの子

セルフコンシャスより
ボディコンシャスな
ジコジツゲンがほしかった
そんな音で表す毎日だった
ガンガンとかブリブリとか
バリバリとかブイブイとか
右肩上がりの成長が
ずっと続くと信じてた
僕らはバブルの子

お尻から火を噴いて働いた
一週間のうち二日は終電まで
残りは終電を逃しても働いた
それで週末は夜行バスでスキーにいった
どんなに疲れていても
食欲と性欲だけはなくならないことを
現代病だと言われた
ビュンビュン飛んでくる剛速球を
カンカン外野に打ち返した
僕らはバブルの子

世の中を右と左に分けるなんて
無意味だと思ってた

ニーチェやキルケゴールは
暇人の時間つぶしだと思ってた

僕らはバブルの子

働いてお金もちになることと
稼いだお金を気前よく使うことで
君らは世の中に貢献していると教わってた

世の中には運のいいやつと悪いやつの
二種類しかいないとしたら自分は
当然運のいいやつだと思ってた

地に足をつける暇があったら
欲望を気ままに膨らませ
将来やりたいことのリストを作ってた

僕らはバブルの子

エコロジカルじゃない
NPOじゃない
ワークライフバランスがない

楽しんだ分だけ
罰があたってしかるべきと
路頭に迷うこの世代を笑うがいい

前を向け
何度でも立ち上がれ

欲望は善なのである

僕らはバブルの子

宣言

悲しいツラするのはもうやめよう
あれはただ若くて無知で為す術がなかっただけ
僕は本当の被害者ではない

自分に潜むサドには気づこう
六対四でマゾだと思っていたけども
喜びを感じるのはどちらかというとサドの方

バラバラになった心は拾いあつめよう
押しつぶされてひしゃげることがあったりする
時間という名の接着剤が元通りにしてくれたりもする

お金に執着するのはいい加減にしよう
時間給に生涯賃金に一攫千金にバリューフォーマネー
全ては他人の辞書にある言葉

黙っているのは無しにしよう
文字のない世界が大切だからこそ
言葉を信じて懸けてみる

お酒を吐くまで飲むのは卒業しよう
たくさん飲んで何が証明したかったのだろう
何も証明できなかった気がするから

立ち上がろう
何度も何度も
笑ってすごそう
力のかぎり

一週間かぞえ歌

月曜日には月曜日のすごし方
いきなりギアトップ飛ばすやつ
ぶつからないよう避けるおれ
昼飯ぐらい食べさせて
腹ペコじゃあなたと戦えない

火曜日には火曜日のおくり方
じかんの神様がいるとして
お願いごとが出来るなら
十年前とは言わないから
先週末に戻してほしい

水曜日には水曜日の風がふく
思わぬ展開こんなのありか
思わずのけぞるたまらずギブ
のんのんのん　これはあたしの問題じゃないわ
結局おれがあとしまつ

木曜日には木曜日のしのぎ方
これもあれもやっつけ仕事
なるようにそれなりにとりあえず
気力体力みなぎるわけもなく
わかっちゃいるけど流しちゃう

金曜日には金曜日のしめ方
みんな週末のために働いてんだぜ
まぶしい勝者として立ち去りたいだろう？
気合だ魂いれるのだテメェにはわかるか

一杯のドライマティーニはおれだけのごほうび

土曜日には土曜日のまちがい方
あれ日曜だっけまだ土曜日じゃん
やだなぁもうびっくりするなぁ
早とちりがもたらすささやかな喜び
なけなしのつつましやかな爪の先の幸せ

日曜日には日曜日のねばり方
アレもコレもやりたいのに
日曜日はおれだけの日曜日ではない
とばりのおりた寝床の中で
安息日を夢みて眠りにつく

ひたむきさをもういちど ～十九歳になった気で

パンクして出遅れた午前中だったら
アクセル踏んで夕方までに取返す
理不尽な上司に怒りを感じたら
仕事にぶつけ二倍にして返す
そんな気持ちさえ忘れてる
すりきれたおのれだけが
こうして今ここに在る
まずはひたむきさを
自分のものだった
はやるきもちを
おもいだそう

なんでもこい
そんな気持ちに
力を借りたい時が
僕には今だってある
大舞台の前でびびる時
もうひと頑張りする時は
十九歳になった気になろう
体力ならいくらでもあるはず
疲れたらどれだけでも寝てやる
無鉄砲さにあこがれて酔いしれた
アンストッパブルなあの頃の僕なら

日本男児

日本男児はお好きですか

韓国人ほど純愛が得意じゃないけど

中国人ほどあの手この手で攻める術はないけど

アメリカ人ほどジム通いが好きじゃないけど

イタリア人ほど誉め言葉は豊富じゃないけど

イギリス人ほど前口上は丁寧じゃないけど

フランス人ほど自分の着る物にポリシーはないけど
ロシア人ほど無骨でまっすぐじゃないけど
スウェーデン人ほど男女平等じゃないけど
オランダ人ほど要領がよくないけど
ドイツ人ほど自信満々じゃないけど
アルゼンチン人ほどバーベキュー奉行じゃないけど
ブラジル人ほどあちらに強くないけど
インド人の強さの足元にも及ばないけど

フィリピン人ほど歌が好きでもうまくもないけど
タイ人ほど爽やかな笑顔が作れないけど
イラン人ほど誇り高くないけど
アルメニア人はもっと誇り高いけど
ケニア人のことはよく分からないけど
僕らのおとうさんほど働きバチじゃないけど
僕らのおじいさんほど理想に燃えていないけど

日本男児はいかがですか

紙やすり

通勤途中の交通事故
フロントライトの破片を避けて徐行

開けたての箱からちり紙
力を入れて引っ張るほど
ちいさくちぎれる
じわじわおびき出さないと
鼻さえかめない

軽いけど痰のからむ咳
治りそうでなかなか治らない咳

一瞬の閃光と破裂音で切れる電球
まるで最後に怒りを爆発させたみたい
俺も怒りすぎたら死んじゃうのかな

はやく会議にこい
はやく返事をくれ
はやく帰ってきて
一日中誰かを少しずつ待たせている
誰かの声が次第に心の中で聞こえてくる

紙やすりを
指の腹で撫でる
何度も

二回目の海外生活
日本語に詰まるようになっても

ただ歳をとったせいかと
あがきもしない

太っては痩せ
太っては痩せの繰り返し
太ったまましばらくがすぎ
もうこのままかも知れない
仕事に埋没
勝ち癖も負け癖も区別がつかないほど
最後に褒められたのはいつだか思いだせない
雨がふったら長靴をはいて今度こそ
水溜りではしゃいでみようと思い
果たせないまま何十年もたつ

枕元の時計が鳴る前に目が覚める

何度も

パワーゲーム

おろかな者どもよ
まるで目のみえないサイと
耳のきこえない水牛のように
おまえ達はガツンガツンと
頭突きをくりかえす

バフンバフンと
鼻息を荒げるがいい
ズドンズドンと
地面を踏みならすがいい

俺は道端にねそべり

草笛でもふいているよ
空飛ぶとんぼを
ながめているよ
おまえ達がクタクタになり
憎しみが心のひだをギザギザにする頃
三杯目のマティーニを飲み干し
鼻歌でもうたっているよ

羊になりたい

羊になりたい

草を食む羊になりたい

雨の日は仲間の羊とよりそい

晴の日は勝手に草原にちらばり

黙々と草を食む羊になりたい

誰のことも罵倒することなく

誰からも中傷を受けず

大声で議論することもなく

立ち位置を迫られることもなく

約束の時間を守る為に息を切らすこともなく

遅れても言い訳をせず

下げたくもない頭を下げることもなく

ただ草を食むだけのためにこうべをたれる

高速道路を時速140キロで走る人間に尻を向け

権利と義務のせめぎあいに頭を悩ませず

耳障りな音のしない場所で物音をたてず

むだな買い物に時間を費やさない

三ヶ月に一度くらいの割合でいいから

そんな羊になりたい

はむはむはむ

羊になりたい

許せないこと

この自分にも
許せないことがあるなんて
どうして今まで
気づかなかったんだろう

ハンカチ

ハンカチを買った
このハンカチで何度涙を拭くのだろう
機内映画で不意を衝かれ号泣し
免税販売や入国書類のお知らせを無視し
あふれる涙を何度拭くのだろう

ハンカチを買った
このハンカチで何度鼻をかむのだろう
ハンカチで鼻をかむなんて
外人みたいと人は言うけれど
そもそも外人はハンカチなんて律儀に持ってない

ハンカチを買った
このハンカチで何度鼻血を抑えるのだろう
ティッシュを持っていない時の応急措置
何歳になっても初夏には必ず鼻血が出る
通り越えた恥ずかしさは生きる証のよう

ハンカチを買った
このハンカチを何度洗濯するのだろう
穴の空いた古いハンカチはもう捨てたらと妻が言う
うんともすんともつかない生返事ってやつを返しとく
捨てる時は俺の心に区切りがついた時だけだ

ハンカチを買った
ハンカチを買った

My life as a traveling man

東京砂漠
大阪みれん
フィラデルフィア・フリーダム

いま俺はどこにいるの

モスカウはマッドネス
ブダペストのダークネス
イスタンブールにサンセット

目覚めたら違う街

福岡を食っときな
金沢でサイレンス
サンディエゴも猿の惑星
楽しめるうちに楽しみな
バルセロナならなんでもありな
ブラッセルったら歩いていける距離
ベルリンよ、記憶の詩
俺を呼ぶ声がきこえる
リスボン、たことイカ
青森リンゴ不作
名古屋ジェイアール東海

食べて寝て歩く人生

遠慮がちなウィーン
更に奥ゆかしいヘルシンキ
コーラン・リピート・クアラルンプール

あと二、三時間で家に帰るから

モスクワ

憂鬱な雲が
空から降りてくる
膝丈に積もった雪は
今晩から
心に降る予報

吹雪くダイヤの粒
最後の冬だから
シャッターを切る僕を
笑う君
曇らないレンズ

雪解けを繰り返し
ウォッカで気を失い
記憶は流れてくけど
君の心の奥に
僕の面影は
残るだろうか

厳つい銅像も
頬を赤らめる
夏娘の薄着
短い季節は
運転手も狂わせる

この街でみつけた恋
長続きはしないと

人は言うけれど
大切なのは今
あの人にかけてみる

南西の星を見上げ
東の果てへ飛んで
眠れない夜が続く
全ての戯れのように
この旅にもいつか
終りがくるだろうか

闘う人

闘う人はファイティングポーズがよく似合う
目にも留まらぬ上段回し蹴りと裏拳で
並み居る敵をしかばねにかえる

闘う人は泳ぐのが得意だ
すいすいと世にはばかる姿は
憎まれっ子そのもの

闘う人は人の話を良くきいている
でも目を開けたまま寝ていたり
二日酔いを覚ましているだけかもしれない

闘う人は命をかけている

俺は太く短く生きていると言う
他人の嘆きに耳をふさぎながら
闘う人はたやすく愛を口にしない
たまに溢れる涙が見たくて
ついていく僕たち

やっちまった

またやっちまった
甘ったれた自分のせいだ
俺が駄目にした
I screwed up

I destroyed
朝からいちいち癇に障った
幾度も持ちこたえてたのに
夕方雨が降った

I kicked you
腕が上がらないなら足がある

後ろから蹴りを入れた
レフェリーに止められた

Ate too much
抑えきれなくて食べちゃった
毎晩遅くに腹いっぱい
たぶん空腹なんかじゃなかった

人間関係を壊さない
教科書があったらほしい
そんな教科書
燃やしてしまうと思うけど

甘くない生活

これでいい
これじゃだめ
こんなはずじゃない

まるで恋に悩む少女が
すがる思いでくりかえす
花びら占いのように
俺は毎日を省みる
希望を探すように
許しを乞うように

ああすればよかった
ああしなきゃよかった
あの日が分かれ道だった
じゃあ今日はどうなのだろう

実は今の生活を
十年前に選んでいた
ぼんやりと、しかし消去法で
未来をいま選んでいるとしたら
この頭の中の妄想を笑う
終わりのない幻想への罰当たりを恐る

ごめんなさい
他に言いたいことはあるけれど
とりあえず神妙にごめんなさい
そんな毎日でごめんなさい

好き嫌いとは別の次元で
続けてきたことの一つや二つ
なかったことにするのは
とてもやりきれないから
せめて腐らないよう塩漬けにでもして
冷暗所にて生かしておく

手 そして石

思うに僕の人生には

棚からぼた餅という言葉は存在しない

わらしべ長者的な展開もない

銀のスプーンも金の延べ棒も持っていないから

こつこつと何かを積みあげていくしかないのだ

石を一つひとつ積みあげていくのだ

大きな石もあるだろう
小さな石もあるだろう
それでも石は石
積みあげただけ高くなり
天に届くかもしれない
僕は空を飛ぶ鷲にはなれないし
もともと鳥ではなく人間なのだけど

それでも知恵はあるし努力も出来る

大切なのは石を積みあげようという

意志と行動力なのだ

僕が動かないことには

石は積みあがってくれないのだから

とにかく動くことだ

手を動かしただけ石は積みあがる

奇跡は夢見ないけど

何もあきらめない

しごと

あかちゃんのしごとはねむること
こどものしごとはあそぶこと
がくせいのしごとはべんきょうすること
おとなのしごとは仕事

絶望の岬に置き去りにしないで

僕の言葉は
あなたには届かない
何を言ってもむだ
賛成も反対もいらない
昨日より少しだけ不確かな
今日があるだけ

強い風の吹く崖をさまよううちに
足を踏み外して滑りおちたら
誰か受け止めてくれるだろうか

毒槍が刺さった体に

じわじわ毒が回るように
落胆は少しずつ形を整える
この壁の落書きが見えないか
この通奏低音が聞こえないか
都合よく気づかないふりか

木洩れ日もない森を迷い歩くうちに
この世がひっそりと終ったら
誰に会う望みにすがるのだろうか

シベリアの虎が爪をぎらつかせ
中央アジアの騎馬が蹄を高く上げ
北極の白熊が腹を空かすこの岬で
絶望と水しか残されていないとしたら
明日からどうやって生きていくのだろう

もし希望があるとしたら

もう一度目にしておこう

大災害、壊滅、恐怖という言葉を

どうしようもないことだと受けとめよう

とめどない怒りや悲しみの感情を

もしこの世の中に希望というものがあるとしたら

それはこんな時でも思わずこぼれる子供たちの笑顔

いてもたってもいられない若者の足音

あきらめない大人たちの瞳の光

そして必ず立ち直るとつぶやくあの人の声

真っ暗闇の体育館に横たわり

窓の外の雪を見つめていても

あなたはひとりじゃない

もし希望というものがあるとしたら

それは上体を起こすことのできた朝
顔に手をやり頬をさすり
空腹を感じ
今日は何をしようかと思った自分
のこされた者たちと
何ができるのだろうか
考え始めた自分

もう一度目にしておこう
喪失、無常という言葉を
どうしようもないことだとここに書いておこう
溢れては涸れる涙を
もし希望があるとしたら

There was a wall

Once upon a time

There was a wall

They built it

You climbed it

He jumped it

She pictured it

The wall was long and strong

They meant it

You hated it

He died at it

She mourned it

Then the wall came down

They cheered it

You cashed it

He resented it

She remembered it

And we watched it all

But the kids these days don't know

Who built the wall and why

If you sit in the chair

If you sit in the chair
You will have a different view
Different from what you have expected
You won't know until you sit in the chair

If you sit in the chair
You will lose something
Things you gain are those that are given
Not what you have wanted

If you sit in the chair
You will come closer to the window

But what is really coming closer is
Life outside the window

If you sit in the chair
Your cup will be filled with good hot coffee
Sometimes you hallucinate
The coffee pours out of a white cup

When you sit in the chair
They say just enjoy
Of course you can
If you like it in the chair

Once upon a time you loved music

Clap your hands
Stomp your feet
Move your body
How you feel
You have music
Inside your body
Letting it out is
Nice and easy

Sing with me
I'll sing with you
Play the piano

I'll play the drum
Add some strings
We'll make a band
All together
Let the fun begin

The world is a better place
So long as we have Karaoke
Petty little differences aside
One big group with song and dance
Good voice, bad voice, ga ga, blah, blah
You are not as awful as you think
Some people drink, laugh and cry when singing
Best company is maracas and tambourine

A band plays music
In a lousy night club
No-one listens
The band never minds
Diva gives a smile to wrap up the day
She wonders at home is it labor or labor of love
Once upon a time she loved music
She would sing tomorrow is all she knows

Eat Around the Clock

僕らは
We
こころの命じるままに
Went out eating like crazy
ごはんをたべた
Because we had to

朝食にランチにおやつに晩飯に夜食
Breakfastlunchsnackdinnerlatenightsnack

この街にしかない
What this city had to offer

美味しいものを
Pleasing our tongue and stomach
気の済むまでたべた
As our heart desired

まぼろしじゃないことを
To tell ourselves
確かめるように
This is not a dream
取り返しのつかないものを
To try to compensate
償うように
Something lost and forgotten

たがが外れたように
As if holding back no more

スパゲティ・ナポリタン

宝くじ

宝くじがあたった

らどうしよう

と考えた

半端な額でなく

五億円くらい

自家用機で世界一周の旅かな

美食三昧で太りまくるのかな

家と別荘を一気に買うのかな

ヨットもついでに買うのかな

それとも

貯金して利子で暮らそうかな

投資信託で賢く運用するかな

株外国為替に手を染めるかな

ゴールドなら裏切らないかな

それより

恵まれない子供への援助かな
ファウンデーション設立かな
ドネーションにあてるのかな
自分の石碑が建てられるかな

どうぞって両親にあげよう
あ、これ以上の妙案はない
意外に自分ってかわいらしい
空想のわりにわるくない

家族のいないこの部屋で

妻と子が一足先に里帰り
さっきまでの笑い声がまだ食卓に残ってる
洗い物をすませコーヒーをいれなおすと
この部屋にいるのは俺だけになる

二十歳の頃の一人暮らしとは何かが違う
自由と引き換えに授かった愛を失う寂しさが
一人で耐えきれなくなっている
いくつかの感情は歳をとると大きくなる

妻子より一足先に街へ戻る
この部屋に置き去りの記憶にスイッチをいれ

昼と夜が半日ずつずれた生活を始める
区切りのない時間が過ぎていく

俺の好きなことって何だろうと思う
歌だっけ映画だっけ演劇だったっけ
何も嫌いにならずに君たちのことが好きになり
きっと好きなことが増えたのだと思う

転校生

転校生になったら
新しい教室で一番いばってるやつの
鼻っ柱に見舞ってやる
きついのを一発
次から俺がボスだ

転校生になったら
目立つなコウベを低く垂れろ
話しかけられるまで黙ってるんだ
私なら初めから居るんですけどって
微かな笑みをうかべるんだ

転校生になったら

違う人格をまとってみたい
冗談好きでへこたれないニンゲンを
今度こそ演じてみたい
本当の僕がだせるまで

転校生になったら
うつむいて泣いてしまう
消えてこの世からいなくなりたい
こんがらがって眠れない
悪いのは自分と責めてばかり

転校生になったら
自分の足で立つのだ
それだけでいい
それならできる
それしかいらない

あやまち輪廻

弱気になった自分が
犯した過ちは
強気になった自分が
とりかえせばよい
そうそううまいにち
うまくはいかないって

消えない思い出

最近僕の心は
放っておくと
傷つけた友の面影で
あふれる傾向にある

次から次へと
連鎖して浮かぶ
顔とカオとかお

消したくても消えないんだから
償いたくても無理なんだから
憶えているだけでこれなんだから

今から精一杯生きることを
謝りの言葉に代えようと
自分で自分をなぐさめて
今日も僕はおもてに出る

Woman said

Woman said this
言ってることが違うじゃない
Woman said that
約束まもってくれてありがとう
Woman said this
やっぱりこの人しかいないなーって思って
Woman said that
けっきょく私の思っていた人と違ったなーっていうか
Woman said this
朝からお味噌汁とか作りたいわよ、そりゃ
Woman said that
じゃ、今すぐ仕事をやめろってこと？

Woman said this
貴方のその態度が気に入らないのよ
Woman said that
ずっとそのままの貴方でいてください
Woman said this also
わがままばかり言ってごめんなさい
Woman said that too
いつもそうやって自分のやりたいことばかりなんだから

俺は黙ってきいている
そしていつしか忘れていく
何かのはずみで思いだし
勝手ぬかせとひとりごつ

ブービークッションにひっかかる

よいしょと腰をおろしたら
いきなりブーとやりやがる
長い一日　疲れた体
とつぜんブーはないだろう
あるとわかっていたら座らない
わかっちゃいないから今夜もブー

恥ずかしいのはこの俺だけ
穴があったら入りたいブー
平坦な毎日に潜む地雷
ブーは俺様をブッとばす
あぁ恥ずかしいブーブーブー
忘れた頃にまたブーブーブー

ハニーライフ

君の声からはちみつがあふれてる

冬の夕暮れに外遊びから帰ってきて飲むココアのように

僕は君の声にとけていく

君の声からはちみつがこぼれてくる

夏の昼下がりに縁側でむしゃぶりつく熟れたスイカのように

僕は君の声で顔や腕まで濡らす

君が言葉を口にすると
とたんにはちみつが満ちてくるなんて
僕のほかに誰が知っているだろう
君の声ははちみつでできている
それはさらさらしたはちみつであり
時に煮詰めたようなはちみつにもなる

つまるところ

つまるところ
人生は何なのだ
＊（三十歳）の誕生日をむかえても
わからないことは
わからないままだぞ

＊（　）の中に自分の年齢を入れてください。

スパゲティ・ナポリタン

さびしくなったら
スパゲティ・ナポリタンを
食べよう

ハムとピーマンとマッシュルームを炒めて
白ワインとばしてケチャップかけて
俺が最初に食べたスパゲティは
今でも憶えてるくらい
おいしかった
幸せだった

独りで作った今日だって
おいしいはずだろ

幸せの定義

幸せとは不幸な出来事の起きない状態を指す
不幸な出来事とは先週起こったような
あのようなことがない日常がいかに幸せか
いくぶん落ち着きを取り戻した週末に
はっきりわかる

金も地位も名誉も人を幸せにはしない
それはたまたまあるかないかの差にすぎない
身長が10センチ高いか低いか
体重が10キロ多いか少ないか
すべて似たようなものだ

手に入れようと努力することはかまわない
手に入ったら喜べばいい
でもそれはそこまでの話
努力するからうまれる怒りや悲しみを
包みこむ日常こそが幸せなのだから

不幸はそんな日常のすぐ隣にいる
じっとしてるけどいつも隣にいる
どういうきっかけでそいつが
誰の首根っこにかみついてくるか
わかりようがない
牙をむくサインが見えた時は
手遅れなことが多い

あやうい日常をどう生きる
今生きていることが幸せなのだと知り

言葉にして確かめてみる
踊らされることなく押しつけることなく
己にいいきかせ祈ってみる

連作∶ひとときの夢

ひとときの夢

Time goes by
春のような
季節のはなし
君にしよう

しんぴんの
スニーカー
まぶしい
木洩れ日
駆け抜けた
並木道

Time goes by
なにもかもが
かがやいていた
祝福の中

希望さえ
誰もが
照れずに
抱いた

こわいもの
知らずに
夜明け前の
夢ひととき

生きるのに忘れた
その続き
夜明け前の
夢ひととき
もう一度開けてみる
その扉

Time goes by
In everybody's life,
There's a certain time and place
That would never leave you

Even when you are
All alone,
Just close your eyes
And you feel safe

To remember
Friends to talk to

Holding on
To that picture of your smile
When the sky was purple green,
The river was ocean blue

Didn't even know
Reality
I thought we could
Make a change

Fun and laughter
Was all there

Like another dream
Right before the dawn
We were not afraid of dying
Nor telling a truth
Like another dream
Right before the dawn
When I woke up
I saw it in the air
Everything was gone

オン&オフ

オンの日
オフの日
どちらが
好きな日

君と会って
たわいもない冗談を言いあうのも
大好きだけど
図書館でひとり
君の冗談をおもいだして
まどろむのも好き

ぎこちない挨拶で
新しい友達を作るのも
どきどきするけど

田舎の言葉で
幼なじみと語りをいれるのも
手放せない

記憶をなくすまで
やつらと日本酒を浴びるのも
たまにはいいけど

部屋の隅で
暗闇を相手にシーバス空ければ
トリップしちゃう

ラッシュの電車で
急ブレーキを踏ん張るのも

気合が入るけど
居眠りしたまま
隣の県まで乗り過ごしても
気にしたりしない

カーチェイス物なら
ドルビーな映画館で
大騒ぎするしかないが
フィールドオブドリームスは
やっぱレンタルでも
泣けてきた

オンの日なら
たりらりら
オフの日でも
るるるるる

暗闇の大河

幾百の気が満ちる暗闇で
君と僕は共に舞台に立つ
遠い遠い峠の頂上で
天にむかって祈る時のように
僕らはたった二人
創造という名の試験を受けている
君のまなざしが紡ぎだす言葉を
胸が空を切る音を
関節がそこいらじゅうに作りだす振動を
目には見えない光を
僕は全て脊髄で受けとり

それ以上にして投げかえす
君は大きな河をかきわけてきたんだ
僕にどうしても伝えることがあるのだと
この舞台の上で
それぞれの地獄と闘っていても
独りじゃないってことを

幕が降りて
曲がりくねった道を
また歩いていくとしても
僕は独りじゃない
君は独りじゃない

口の運動

アエイウエオアオ
まだねむい

カケキクケコカコ
ふつかよい

サセシスセソサソ
ふっきんも

タテチツテトタト
あぁつらい

ナネニヌネノナノ
はなにぬけ

ハヘヒフヘホハホ
げろはきそ

マメミムメモマモ
まだやるの

ヤイェイユイェヨヤヨ
むりがある

ラレリルレロラロ
したまいて

ガゲギグゲゴガゴ
だくおんは
ザゼジズゼゾザゾ
かんべんを
ん

暗い夜道

君のこと思いながら
銭湯へ急ぐよ
暗い夜道
雨の日も風の日も
風呂に入るのは
欠かせない

ポケットのコイン
ちゃらちゃら躍らせ
洗面器の石鹸箱
かたかた歌わせ
君のこと思うと

やけに心騒ぐ

居酒屋と角の花屋
シャッターを下げた豆腐屋
ふと目が合う野良猫
通り過ぎるバイク
何を見ても
君の顔が浮かぶ

そして僕は
街灯に思いを馳せる
いつになったら
世界が僕に
語りかけるのだろうと

土の匂い

夏と秋の区別が曖昧になる季節
家の灯りがにじむ時分
ふと息を吸い込んだ瞬間に気づく
冷えた土の匂い
僕は全てを放りだし
あの頃の全てを思いだす

涙ならどくどくあふれた
それは何かへの挑戦だった
小さな冗談なら掛算してもっと大きな笑いにしてた
それがひそかな誇りだった
精一杯だった

精一杯じゃない奴は許せなかった
今このの時を生きるだけ
死ぬほど生きるだけ
追い詰めて
追い詰められて
極限の縁を見て
運が良ければ
生きて帰ってこれて
また笑えた
恐いものなんて何も無いし
大げさでなく
こんな生き方が世界を変えると願ってた

どんなに遠くで生きようと
いつしか忍びよる
冷えた土の匂い

眠っていた約束の地が
ひといきで蘇る
冷えた土の匂い

再会

再会

旧友と久しぶりに会う

なんだお前、最近飲めなくなったのか

この腹についた贅肉はなんだ

なんてこといってふざけたら

昔みたいに

とりあってくれるかな

はりあってくれるかな
くだらないことと
そうでないことの間で
居場所を探していた俺たち
追いたてられるように年を取り
戻るべき約束の地は跡形もない
誰に気兼ねすることなく
違う自分になればいい

もう俺だって出会った頃の自分が思いだせない

おじさんたちが古き良き話をくりかえすのは

大事なものを思いだす為だと誰かが言ってた

今ならその意味がよくわかる

だいじょうぶかな

俺たち今でもともだちなのかな

よう、元気？

君のしつもん

おえかきしていい？

いっしょにぬりえしない？

ゆびぱちってならせる？

なにみてるの？

こどもは質問がおおい

やたらプレゼンがうまかったり

やけに沈黙がつづくよりは
まだつきあいやすい
こうつうじゅうたいってどういういみ？
道が混んでるって意味だよ
こんでるってどういういみ？
車が沢山いて動けないって意味だよ
どうしてくるまがたくさんいるの？

なぜなぜを三回繰り返すと

本質にたどりつくと言うけれど

君に何かが正しく伝わったか

いつも自信がない

ここまでで質問はありますか

これ以上質問するな

くー（寝たふり）

質問は後ほどまとめて
質問には質問でこたえないで
大人は質問が好きじゃない
だけど君は質問しつづけて
この世には質問の数より
答えの方が多いのだから

最古の記憶

俺にとっていちばん古い記憶
あれは確か三歳の頃
社宅アパートの前庭
夕暮れ時
母の腕の中
近所のおばさんたちのおしゃべり

お兄ちゃんたちのおにごっこ

見上げる空は橙色だった

今俺の腕の中にいる

三歳のこの子の

いちばん古い記憶は何になる

三歳の体って結構重いんだね

俺なんかもっと重かっただろうね

君が飽きるまで頑張ってだっこするから

父の腕の中

覚えていてくれるかい

ここはひとつ

新たに結婚する人たちを前にすると
どうしても一言いわざるをえない
世の中のひまなおとなを代表して
結婚生活の心得を
ここはひとつ

まずは我慢
箸の上げ下げが気になっても
いちいち反応してはいけない
いびきおならげっぷおんち
すべて許すべし
衝動買いを見せつけられたら

こちらで節約してみせる

つぎに演技
いかなる時も笑顔をみせるわざは
一生かけて身につけるもの
暗い記憶よりは明るい未来を
努めて会話のネタとする
特に伴侶の家族の前では
自分をベストにもっていく

そして覚悟
おのれの命をさしだして
あいての命をまもること
心の中で何度も
くりかえして言おう
いつくるとも知れない

いざという時のために

愛あればこそ

ここはひとつ

Giving

人は与えただけのものを
与えられるという
見返りを期待せず
いさぎよく
与える人でいたいのに
時々もしかして
与えっぱなしは疲れるのかなと
くじけてしまう

与えるだけでいいじゃないと
気前よくなったり
与えられていることに気づかない

恩知らずだったり
実は与えることなんて
もともと出来ないのかもと
崩れたり
落ち着かないよ

ただ生きているだけで
誰かに与えているのなら
気が楽になるんだけど
思わず神様拝んじゃうけど
おれたちはもっと
複雑にプログラムされてるみたい

四分前

四分前
上の歯を磨いていた
いや今日は下の歯から磨きはじめた
上の歯はもう磨いたのだろうか
まだ磨いてないのだろうか
歯に聞くわけにもいかず

四時間前
駅へ急ぐ道
居酒屋とスペイン料理と郵便局の並ぶ道
僕は誰かをおいこし
誰かにおいこされる
改札まで階段を二段飛び

四日前
金曜日だったなら友と酒を飲み
土曜日だとしたら家族と鍋を囲んだ
たとえばの話だけど
もし火曜日だったなら何もなかったし
水曜日だとしてもそれはおなじ

四週間前
ここ最近でいちばん忙しかった
息継ぎせず25メートルをクロールのイメージ
やればできるだろうがしかし
途中でおぼれるのもありうる
なんのかんのできりぬけちまった今回も

四ヶ月前

この街にお寺も神社もあることがわかった
こだわりの酒屋も二軒みつけた
図書館にはいり利用証を作った
ゆいいつの魚屋はいまいちだった
近場の散歩が好きになったころ

四年前
覚えていることはすべて
良い思いでになったよう
困ったことにセピア色に色づきはじめてる
でもしばらく記憶の糸をたどると
どろどろのへどろがただれでる

四十年前
ママがいてパパがいて
おねえちゃんがいておとうとはよちよちで

すべては手をのばせばとどくところにあった
いちばん遠くにある記憶なのに
なにより大切な心の根っこ

真夜中の目覚め

さようならと何回言っても気がすまない
ありがとうと何回言ってもいい足りない
何故だろう夜になると息苦しいのは
てさぐりで暗闇を生き延びた九つの時みたい
荷物なら箱に詰めて送りだせる
でたゴミはクリーンセンターに捨ててくる
この体は明日海の向こうに渡るのに
心がついてきてないみたい
信号待ちの248号線に
地元の通が出向く魚屋に

高島屋の子供服売り場に
今はないシャトルバスの中に
心が残っているから
そこかしこに
心が残ったままだから

そのままでいいんだきっと
むりに連れてくるなんてムリなんだ
時がたてば記憶とともに
消えてくれるかもしれないや

そのよるぼくは
しばらくわすれていたような
ふかいねむりにおちた

心がうごいた

あ、いま心がうごいた

この胸のうちがわでぐらっとゆれた

え、めまいがする

椅子も机もふんわりゆがんでる

あれ、なんで涙がでてくるんだろう

とととつつとこぼれてくる

ぐき、音をたてて性格がまがった

あ、ひとしれずまたすこし悪い人になった

どつかんでもよろしい

本当にやりたいことをやって
楽しく生きてる訳じゃないだろうお前と
どつかれても
おっしゃる通りですと
答えるしかない

本当にやりたいことが
あちこちに転がってたら
悩みはないぜ

言わなくてもいいこと　言わなくてはいけないこと

言わなくてもいいことを
言ってしまった
知らなくてもいいことを
聞いてしまった
僕らのあいだに流れる空気を
扇いで追いやることもできず
宇宙にひろがり散るまで
耐えるしかない
言わなくてはいけないことを
言いだせなかった
訊かなくてはならないことを

口にだせずじまいだった
永遠にその機会は戻ってこないけど
君への思いは僕が死ぬまで続く
勇気のない自分を責めながら
これでいいんだと慰めながら

愛されてもよし、嫌われてもよし

ひとは誰かに愛される
ほかの誰かに嫌われる
あなたもそうだし
ぼくもおなじ
誰かに愛され、誰かに嫌われる

愛されてばっかりだったり
嫌われてばっかりだったりは
めったにないみたいだから
きをもまなくていいみたい

一生モノ

この手でつかめるものなんて
すべていつか僕からはなれていく
ものごころついてから
死の床で意識が消えてなくなるまで
ずっと僕についてまわるものがあるならば
それはいくつかのなおらない癖と

寂しさだけ

だから癖とはうまくつきあったほうがいい

なおすことなくおもしろがっていい

寂しさはだいじにしたほうがいい

そういえば今日も

寂しいと口にした

どちらかといえば寂しいかもなんて

曖昧という名の砂糖をちりばめ

抑えきれない寂しさを

つい口にした

孤独な部屋の中でも

ベッドで眠りにつく前でもなく

普通に

同僚との会話の中で

寂しいかもと口にした

元旦

今年も元旦がやってきた
前の晩の紅白は
知らない歌手が増えてきた
一月二日は三が日であるくせに
海外だと仕事始めだから
つられてそわそわ
元旦だけは毎年かわらず元旦

おせちを食べ
雑煮を食べ
ブリを食べる

年賀状の枚数は減ってきた

夜は日本酒に焼酎
昼はビール
朝はお屠蘇

この日だけは毎年同じような一日
後の一年がどんな年になろうと
前の一年がどんな年だろうと

違うのは
年齢が一つ増えること
死ぬまでに生きられる年数が
一つ減ること

元旦は

スケジューラーのリマインダーみたいに
一年に一回僕の前にあらわれて
死ぬまであと何年と
丁寧に教えてくれる

僕は
「一年後に再表示」を選んで
クリックする

かなわぬねがい

かなったねがい
かなわぬねがい
ながしたなみだ
こらえたなみだ
めぐりあえたひと
あえなかったひと

もやしたてがみ
すてないてがみ
まだいったことのないくに
このさきもえんのないくに

かせいだおかね
つかったおかね
さがしあてたなくしもの
きにもしないおとしもの
ようしゃないあくま
なりひそめたあくま
きづかないしあわせ
にげられないじごく
きずつけたことば
かみしめたことば
ねがいつかれたゆめ
ねがいつづけるゆめ

苦しさと孤独と星空と

苦しさは何のためにある
この幸せは永久に続くとか
信じれば何でもできるとか
そんな幻想から覚めるためにある
退屈な日常生活に何か良い事件が
いっそ悪い事件でもいいから起きればいいなとか
罰当たりな願いを叶えるためにある
でもたまに
思いあたるふしはまるでないのに
苦しさがやってくることがある
何のためにあるか分かることのない
苦しさもある

孤独は何のためにある
人は一人で生まれ一人で死ぬという
当たり前な人生の真理はもとより
自分の手狭なアパートが実は
広かったことに気づくためにある
この部屋が賑やかな時でさえ
孤独という名の同居人がおとなしく
僕を見つめていたりするけれど
ふと気をゆるすと
寂しさという名の同居人が跋扈し
僕の心を食い荒らしたりする
同居人の友達は僕の友達なのだろうか
そこまで思いつめたら戻ってくる潮時だと
孤独は教えてくれる

星空は何のためにある
北極星が言う
苦しさも孤独も
ついでに寂しさも
長続きはしない

こぐま座が言う
どんな時も人に優しく
無理なのは分かるから
できるだけ人に優しく
星空は君のためにある
いままでもこれからもずっと
君のためにある

著者／助廣　俊作（すけひろ・しゅんさく）
1967年生まれ。慶應義塾大学経済学部卒業。会社勤務のかたわら詩を書き続ける。アメリカ、イギリス、ロシアでの海外勤務は十年を超える。主な作品に、詩集『ひこうき雲』『ラ行の試練』がある

バブルの子

発行　2014年6月1日　初版第1刷

著　者　助廣俊作
発行人　伊藤太文
発行元　株式会社 叢文社
　　　　東京都文京区関口1-47-12 江戸川橋ビル
　　　　電　話　０３（３５１３）５２８５（代）
　　　　ＦＡＸ　０３（３５１３）５２８６
マンガ　あしたのんき
印刷・製本　モリモト印刷 株式会社

定価はカバーに表示してあります。
乱丁・落丁についてはお取り替えいたします。

Shunsaku Sukehiro ⓒ　Nonki Ashita ⓒ
2014 Printed in Japan.
ISBN978-4-7947-0725-3

本書の一部または全部の複写（コピー）、スキャン、デジタル化等の無断複製は著作権法上での例外をのぞき、禁じられています。これらの許諾については弊社までお問合せください。